¡Ñam!

¡Ñam! ¡Ñam!

Por
Candace Fleming

Ilustrado por
G. Brian Karas

Traducido por
Alejandra Schmidt

LECTORUM
PUBLICATIONS INC.

Para Martha y Dan
— G. B. K.

Para Scott y Michael,
mis chicos ñam, ñam, ñam
— C. F.

¡ÑAM! ¡ÑAM! ¡ÑAM!

Spanish translation copyright © 2007 by Lectorum Publications, Inc.
Originally published in English under the title MUNCHA! MUNCHA! MUNCHA!
Text copyright © 2002 by Candace Fleming
Illustrations copyright © 2002 by G. Brian Karas

Published by arrangement with Simon & Schuster Books for Young Readers, an imprint of
Simon & Schuster Children's Publishing Division, New York.

For permission regarding this edition,
write to Lectorum Publications, Inc., 205 Chubb Avenue, Lyndhurst, NJ 07071.

THIS EDITION TO BE SOLD ONLY IN THE UNITED STATES OF AMERICA AND DEPENDENCIES, PUERTO RICO, AND CANADA.

ISBN: 978-1-63245-672-4

Printed in China

10 9 8 7 6 5 4 3 2 1

Library of Congress Cataloging-in-Publication Data is available.

Por años, el señor McGreely había
soñado con sembrar un huerto.
Soñaba con meter las manos en
la tierra, cultivar sabrosas
verduras y luego devorarlas.

—¡Esta primavera! —dijo el señor McGreely—. ¡Esta primavera, lo prometo, voy a sembrar un huerto!

Entonces cavó,
sembró,
y su huerto crecer observó.

¡Lechugas! ¡Zanahorias! ¡Guisantes! ¡Tomates!
—¡Mmmmm, qué rico! —dijo el señor McGreely—. ¡Muy pronto
me llenaré la barriga con verduras frescas y crujientes!

Pero una noche, cuando el sol se escondió y apareció
la luna, se asomaron tres conejitos hambrientos.

tipi,

tipi,

¡Tipi,

tun!

A la mañana siguiente, cuando el señor McGreely vio los brotes mordisqueados, se enojó.

Entonces construyó una pequeña cerca de alambre alrededor del huerto.

–Ahora –afirmó–. ¡Ningún conejo podrá entrar en mi huerto!

El sol se escondió,
aparecíó la luna, y...

¡Tipi, tipi,
tipi,
tun!

A brincar la cerca.

¡Plof! ¡Plof! ¡Plof!

¡Ñam!

¡Ñam!

¡Ñam!

A la mañana siguiente, cuando el señor McGreely vio las hojas masticadas y los brotes mordisqueados, se enojó mucho.

Entonces construyó una alta pared de madera detrás de la pequeña cerca de alambre alrededor del huerto.

—¡Ufff! —resopló—.

Esos orejudos jamás lograrán saltarla. ¡Ahora ningún conejo podrá entrar en mi huerto!

El sol se escondió,
aparecío la luna, y...

¡Tipi,
tipi,
tipi,
tun!

A cavar, a escarbar.
¡Scrach! ¡Scrach!
¡Scrach!

A brincar la cerca. ¡Plof! ¡Plof! ¡Plof!

¡Ñam!

¡Ñam!

¡Ñam!

A la mañana siguiente, cuando el señor McGreely vio los tallos mordidos, las hojas masticadas y los brotes mordisqueados,

se enojó
muchísimo.

Entonces hizo una profunda zanja
   por fuera de la alta pared de madera
   detrás de la pequeña cerca de alambre
   alrededor del huerto.
—¡Ufffff! —bufó—. Esos lanudos jamás lograrán cruzarla.
¡Ahora ningún conejo podrá entrar en mi huerto!

El sol se escondió, apareció la luna, y...

¡Tipi, tipi,
tipi,
tun!

A sumergirse
al charco.
¡Splash!

¡Splash!

¡Splash!

A cavar, a escarbar.   ¡Scrach ¡Scrach!

¡Scrach!

A brincar la cerca.

¡Plof!   ¡Plof!   ¡Plof!

¡Ñam!

¡Ñam!   ¡Ñam!

A la mañana siguiente, cuando el señor McGreely vio los capullos mascados, los tallos mordidos, las hojas masticadas y los brotes mordisqueados,

¡se ENFURECIÓ!

Entonces martilló y bloqueó; aserró y cercó; taladró
y tapó; trancó y clausuró.

Construyó una cosa enorme y gigantesca
    delante de la profunda zanja
    por fuera de la alta pared de madera
    detrás de la pequeña cerca de alambre
    alrededor del huerto.

—Ahora estoy seguro de que he sido más listo que
esos bigotudos —exclamó—. Jamás lograrán atravesarla.
No conseguirán pasar por debajo, ni tampoco saltarla.
¡Ahora ningún conejo, de ninguna manera, ni pensarlo,
podrá entrar en mi huerto!

El sol se escondió,
aparecíó la luna, y...

Tipi, tipi, tipi, ¡ALTO!

Los tres conejitos hambrientos observaron, olfatearon y tocaron

esa cosa enorme y gigantesca que estaba delante de ellos. Y...

¡Tipi, tipi, tipi, tun!

Los conejos se alejaron saltando.

A la mañana siguiente, cuando el señor
McGreely comprobó que las verduras
estaban intactas, se puso...

¡feliz!

—¡Hurra, les gané a los conejos!
—vitoreó y bailó de alegría.

Luego escaló,

saltó,

se deslizó

y se arrastró hasta que
logró entrar al huerto.

—¡Ahhhh! —suspiró el señor McGreely—. ¡Por fin!
Relamiéndose los labios, agarró y arrancó lechugas,
zanahorias, guisantes, tomates. Y cuando la canasta
estuvo llena, buscó dentro algo delicioso...

¡Ñam!

¡Ñam!

¡Ñam!